《山河挚爱：2020宁夏抗疫纪实》
丛书编写组

报告文学卷

撰　稿　　　韩银梅　计　虹　曹海英　张　涛　杨　咏　陈莉莉

新闻纪实作品（卷一、卷二）

主　编　　　周庆华

副主编　　　赵海虹　马文锋　杨学农　张国礼　张九阳　张　强　连小芳

编　委　　　刘建华　杨宗惠　马钦麟　张　靖　李　刚　吴少男　张慈丽

诗歌卷

主　编　　　杨　梓　谢　瑞

日记书信卷

主　编　　　漠　月　闫宏伟

艺术卷

主　编　　　庹　君　吴建新　王雪峰　宋　琰　徐娟梅

封面题字　　郑歌平

宁夏回族自治区应对新冠肺炎疫情工作指挥部办公室 主编

山河挚爱

2020宁夏抗疫纪实

诗歌卷

杨梓 谢瑞 主编

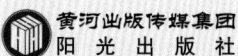
黄河出版传媒集团
阳光出版社

图书在版编目（CIP）数据

山河挚爱：2020宁夏抗疫纪实.诗歌卷/宁夏回族自治区应对新冠肺炎疫情工作指挥部办公室主编；杨梓，谢瑞分册主编.--银川：阳光出版社，2020.8

ISBN 978-7-5525-5473-1

Ⅰ.①山… Ⅱ.①宁… ②杨… ③谢… Ⅲ.①诗集-中国-当代 Ⅳ.①I217.1

中国版本图书馆CIP数据核字(2020)第169138号

山河挚爱：2020宁夏抗疫纪实·诗歌卷

宁夏回族自治区应对新冠肺炎疫情工作指挥部办公室　主编
杨　梓　谢　瑞　主编

责任编辑	杨　皎　朱双云
封面设计	星秀文化传媒
责任印制	岳建宁

 黄河出版传媒集团
阳光出版社 出版发行

出 版 人	薛文斌
地　　址	宁夏银川市北京东路139号出版大厦（750001）
网　　址	http://www.ygchbs.com
网上书店	http://shop129132959.taobao.com
电子信箱	yangguangchubanshe@163.com
邮购电话	0951-5047283
经　　销	全国新华书店
印刷装订	宁夏银报智能印刷科技有限公司
印刷委托书号	（宁）0018262

开　　本	889 mm×1194 mm　1/16
印　　张	9.75
字　　数	120千字
版　　次	2020年8月第1版
印　　次	2020年11月第1次印刷
书　　号	ISBN 978-7-5525-5473-1
定　　价	28.00元

版权所有　翻印必究

目录
CONTENTS

昂江才 · 致敬，疫情前沿的生命卫士 / 001

晁一民 · 春天的阳光
　　　　——抗疫遐想 / 004

陈人杰 · 春　天 / 006

程向阳 · 环卫工人 / 007

翠微 · 牵挂一座城 / 008

寸永芳 · 春　天 / 010

方石英 · 祝　福 / 012

方政 · 呼　吸 / 013

冯冯 · 麦穗与蛙鸣 / 015

戈三同 · 原　谅 / 016

龚学敏 · 庚子春节自绘图 / 017

胡庆军 · 让日子里有春天的阳光
　　　　——写给在社区防疫一线居委会的兄弟姐妹 / 019

花语 · 最　美
　　　　——献给武汉协和医院 / 022

化明中·写满英雄的城市 / 024

黄明山·白衣天使 / 026

剑男·今夜的武汉是安静的 / 028

江飞泉·暗夜里的灯塔 / 030

康承佳·远在武汉 / 032

柯健君·出　征（组诗）/ 033

拉卡·索南伊巴·这个春天 / 037

老德·赞美诗 / 039

李道芝·心灵上的光 / 041

李满强·春天里的好消息 / 043

李平·等你归来 / 046

李旭·窗前的玉兰树 / 048

李自国·逆行万里的春天 / 050

理坤·疫　后 / 053

梁必文·哽咽的城市 / 055

梁平·与口罩一起过年 / 057

梁晓明·万物静寂 / 059

楼祖民·逆行者 / 061

芦苇岸·最美的逆行
　　　　——致浙江驰援武汉紧急医疗队 / 064

罗时春·我是武汉人 / 066

绿音（美国）·今天，我有一颗坚定不移的心 / 068

骆英·有的人活着 / 069

目 录

莫非·春天在破土生长（外一首）／071

默默·楼顶的笑脸／073

梦也·毅然的奔赴和汇聚（组诗）／075

米拉·为春天而战／079

曲征·我看见春天／080

弱水吟·武汉日记（组诗）／082

单永珍·凤凰涅槃／090

沈苇·如果一首诗是一次驰援（外一首）／093

瘦西鸿·一只蝴蝶飞过武汉／096

苏沧桑·致逆行者阿弟／098

苏小青·春天是所有词语的朋友／100

石舒清·诗记录（组诗节选）／102

甜漾·三月的阳光／107

王单单·花鹿坪防疫记／109

王小强·二月，我读着弱水吟的诗／114

文雪·无处安放的节日／117

夏大胜·江城花开／118

项俊平·逆行者／119

晓吾·湖北疫情战／120

谢克强·坚　守／123

熊明泽·捐　赠／125

修客·庚子年的慌乱 / 127

许岚·请将我的每一滴热血，都煎熬成一支疫苗 / 129

颜泽兵·我从来没有像今天这样爱上零 / 131

燕七·呼　应 / 133

余述斌·与妻书，兼寄超市人 / 134

袁磊·隔离日记 / 136

杨梓·寂静之外 / 138

臧棣·空屋简史（外一首）/ 141

早布布·坐轮椅之前
　　　——致武汉金银潭医院张定宇医生 / 144

赵立新·鸟　声 / 146

赵哲权·快把我变小，变小 / 148

周瑟瑟·亲爱的孩子 / 150

周西西·抗疫：在卡点 / 151

致敬,疫情前沿的生命卫士

昂江才

本该是喜庆的节日
本该是欢聚的良辰
病毒却感染了新春的年味
猖獗地向人们宣战
袭扰着这片安宁的土地

危难时刻,疫情就是使命
你踏着除夕簇拥的祝福
在亲人挥泪的送别中
负重前行
向疫魔肆虐的地方英勇挺进
那临战的气场
感天地,泣鬼神

一张张响亮的请战书

字符里滚烫着无畏的担当

一枚枚晕染的红手印

血色里流淌着无悔的誓言

你逆行的背影

是庚子年最美的一道风景

有江河的情怀，有珠峰的坚韧

任凭病毒怎样的猖狂

你依然与那头戴王冠的瘟病

殊死搏斗，抢夺生命

一幅幅画面可歌可泣

一个个镜头感天动地

汗水湿透了衣襟

口罩勒出了血痕

透过紧贴的护目镜

在你坚定的眼神里

读出了神圣的使命与担当

于是，你用良知和信念

撑开阴霾，驱散病魔

我在世界屋脊的雪域高原

献一条圣洁的哈达

把最美的祝福向你送达

我在三江孕育生命的源头

敬一碗香甜的奶茶

把最暖的情意为你传递

春天的阳光
——抗疫遐想

晁一民

刺目,温暖,散发着金光
普照在万壑千山之上
像金钟笼罩
像天罗地网

山野,田园,城市,村庄
新型冠状病毒无处躲藏
都被阳光照射
渐渐失去猖獗的模样

万物不再踟蹰、徘徊、彷徨
都想亮出嗓子放声歌唱
心头的阴霾褪去恐慌褪去

阳光下都在把新型冠状病毒抵抗

冬天过去春天来临
一切发生的都将成为过往
不该在这个世界里出现的
早早晚晚都会被彻底清扫光

很多人物的名字会被记住
很多人物的事迹会被写成辉煌的篇章
奋战在抗疫一线的中华儿女
人民不会忘记，祖国不会忘记

那些可歌可赞的行为
就像这阳光照射在人地之上
那些奋战在抗疫一线的身影
会化作千山万树吸引观众的目光

啊，阳光明媚的春天来了
退却的寒冷退却的病毒
怎么还能让全国人民放在心上
经历了一场没有硝烟的战争
人们重获自由的解放
沐浴着呼吸着春天的阳光
众志成城，一切阴谋都会被粉碎
一切病毒都会惧怕这金色的阳光

春 天

陈人杰

一觉醒来

千里之外的武汉

频传被新型冠状病毒肆虐

如几何级数的潮水席卷稻草

有形或无形、真相或谣诼的泡沫

幻入2003年"非典"的大街

半生恍惚，年味萧瑟

只有将自己孤立起来，却非隔离这般简单

只有伸出双手，不至于成为事件的孤岛

任何可疑的、可怕的、捕风捉影的幻象

终将还原尘埃，经过医学的入口

不能丧失对这一切的纪念

所以，我写下鼠年安好——

春雨如油，红梅暗倾，大地从不拒绝敞开心扉

环卫工人

程向阳

除了阴冷,除了潮湿

还有像晨雾一样

笼罩在小城赤壁的疫情

没有行人的街道上

救护车呼啸而过

香樟树应声撒下一层落叶

山茶盛开

那是绿化带暗藏的火

只有几个红色的身影

才是这个清晨

缓缓移动的火苗

天晴了,他们还在树荫下清扫

仿佛在清扫这个春天

肺部的阴影

牵挂一座城

翠　微

我捧读一本书
不到三分钟拿起又放下
踱步窗前遥望南方

六神无主，看不进去书页
眼前总浮现洁白防护服
火速忙碌的身影
我知道防护服不透气
不一会儿里面的衣服就会湿透
湿了被身体暖干
干了又再次被汗水浸湿
劳顿的天使们眼里只有病人
对此已经毫无感觉

我牵挂着一座城
牵挂着城里所有的人
"原谅我,远方的战争
原谅我将鲜花带回了家中"

春 天

寸永芳

方舱里的天花板很高
留出的空间
足够用来想象一个春天

树梢新发的芽
该是摸到了飘过的云彩
春风撞见垂笺的风铃
该是扬起了墨写的诗篇
虞美人绽开的笑脸
该是因为温暖沁进了心间
春雷滚过静谧的天
该是一场春雨即将到来
不远了　不远了
这个春天

方舱里舞步点点的脚尖

治疗完习惯性望向窗外的眼

还有方舱外亲人的企盼

都已经有春

悄悄地溜了进去

祝　福

方石英

再一次拐入口罩时代
比病毒更可怕的谎言与谣言
再一次泛滥

望着钟南山含泪的双眼
我在心底默念艾青的诗句——
"为什么我的眼里常含泪水"

此刻
请允许春天把真话的种子遍撒人间
请允许我连夜把祝福写满每一片新叶

呼 吸

方 政

从未像今天这样

这样在意自己的呼吸

有了呼吸的营养

人生才充满生机

呼吸是如此重要

感觉已接近真理

从未像今天这样

对呼吸充满警惕

谨防空气像暗藏伪劣的商品

一不留神就吸入不好的东西

尤其是公共场所的空气

必须用口罩过滤

从未像今天这样

对"同呼吸共命运"

有了不同寻常的理解

呼吸不仅仅关系到自己

更关系到社会

关系到经济

甚至关系到人类命运共同体

我们在呼吸

呼吸的是

地球家园的空气

我们在呼吸

必须携起手来

共同向疫情发起阻击

麦穗与蛙鸣

冯　冯

晚风像一首舒缓的离别曲
在空气中回荡
第二批援鄂医疗车队
在夜色中驰行
出发前她惦记着
记性越来越差的母亲
电话里再三叮嘱
热饭时别走开
关好炉灶保护好自己
母亲的咳嗽声
像暴风雨中的麦穗弯了腰
她听见母亲说
孩子，妈没事，放心去吧
她好像听见蛙鸣四起
她已感觉到春天的呼吸

原　谅

戈三同

原谅我吧，窗前的母亲
厨房的妻，一大家子期盼的亲情
原谅我吧，小区门卫
道边的熟人，还有邻家那只小狗

原谅我，久别而归
不及招手，就一头扎进门诊
原谅我，春节
我怠慢的美妙时辰

我只是想，在一只测温计下
多停留一会，让白衣天使的耳语
吹尽我身体一片疑云后
顺便布置下一块鸟鸣的天空

庚子春节自绘图

龚学敏

山腰的雪一直在犹豫,像是欲说又止的
实话,注视着爆竹们的烟火味

戴口罩的人,携带雪花,一直走着
直到黑夜来临
白昼的尘嚣止于天空开满蝙蝠的花圈

我在用诗稿后悔
《濒临》说到的七十七种动物
竟然没有蝙蝠,像是我写了一生的假诗
包括未取霍去病、辛弃疾这样的笔名

不戴口罩的钟声,跌落在口罩的雪花上
那些哑口的寺院

如同大地的伤疤,正在测试他们的体温

妻子习医,工龄三十六年,需用一千里的
路程返回岗位
她所在的医院,已经有了病毒
拎着行李送她时,被警察疑似武汉游人
好在大雪尚未封路,父母还算健康
我也未老

日日煮茶,把自己越煮越小,至卑微
至幼时田野里的野小蒜,熬到春天
万物又成了别人的葳蕤

村里的干部正在敲锣,把注意事项
钉子样钉进屋来
山坡上的阳光,将老未老
如同一杯泼在病床上的连花清瘟冲剂

雪已退到山顶,大地赤裸
像是没戴口罩的人

让日子里有春天的阳光
——写给在社区防疫一线居委会的兄弟姐妹

胡庆军

那些堆积的词语,躲在教科书里沉默不语
春天就要来了,但一个恶魔却让花开的脚步放缓
此刻,我的社区居委会的兄弟姐妹
用忙碌的身影和最初的企盼,构建起社区防疫的
　　平安
以坚强的意志、有力的行动、严密的措施
把平凡的故事书写在一段抗击疫情的日子里

心头也偶尔掠过一点点不安,你们却始终用微笑
让社区居民把心舒展。风的速度和凌厉
在你们的生命里正一点一点构筑平安之堤
如同守护神正用血肉身躯让季节之外的故事不断
　　延伸

看到了吗？听到了吗？居民都为你们点赞
感动你们每天在社区巡查，奔腾的心一刻也没休闲

我的兄弟姐妹呀，那些熟悉或者陌生的名字呀
你们用担当经受挑战，把守通往春天的大门
用行动洗礼作为一名社区工作者时许下的心愿
这非常的岁月，注定在生命里无法抹去
这场没有硝烟的战争，你们也是逆行者
冲在防疫一线，无畏无惧

你们在社区穿梭、宣传、布控
无法看清你们口罩后面那浸出的汗水
用真心，温暖寒冷的冬天
让一种情怀在胸膛燃烧
为社区居民构建一条安全的防线
清晨或者万家灯火之时，你们仍在坚守
是因为你们的负重前行，才换来了居民的心安

岁月静好，那些文字如此清晰
你们就是春天和煦的春风，充满希冀
你们就是锋利的刺刀，披荆斩棘
你们付出了太多，你们也希望
坐在家里和家人聊聊天
弥漫的空气里，你们用忙碌凝聚成爱的链条

24小时开机,电话的那一头是居民的信任
你们大都不善言谈,但你们用自己的行动
诠释:爱,无声!爱,也无涯!

最　美
——献给武汉协和医院

花　语

是文件夹自制的护目镜

勒伤了姑娘的前额

是 N95 口罩紧贴面部的时间过长

划伤了姑娘的脸庞

是专心坐诊忘记了晨昏

眼神间透着恍惚

鼻梁上勒出的血色山峰

是生病的武汉

错手误伤

给姑娘留下的又一道疤痕

我可以叫你姑娘

也可以叫你王护士，张医生

林妹妹，李姐姐

多好的一个年啊
生生就在病房里不洗脸
不洗脚，不换新衣地过了
没有碰杯声，只有体温计、止血钳
绷带、手术刀、消毒液相撞的味道

输液瓶代替了红灯笼
夜空笼罩的死亡气息
替代了新年的喜悦
心潮跌宕

也许岁月静好
真的不过是一群医生
穿起抗疫的战袍
在舍生忘死的交替疲劳中
不顾一切

没有比他们更美的了
每一个特写，都是奋不顾身
在医者仁心的史册上
他们，是 2020 这场
对抗新冠肺炎战斗中
时代的脊梁

写满英雄的城市

化明中

触痛　永远是心灵最柔弱的伤口
在那个彻夜不眠的冬天
无数并不强健的臂膀
危难中托起民族不屈的脊梁

一双手的温度
就能拯救无数失眠者的孤独
打开虚掩的窗
黑夜　是最难度过的心梗

所有的脚步
朝着一个方向叩问生死
穿越是艰难的跋涉
悲怆的长度

远不止奔赴一座城市的距离

一方告急　八方请缨
红手印沸腾着英雄的热血
请战书的句子
跳动青春与奉献的激情

目光暖成信念的灯火
与灾难对峙
春暖花开　否极泰来
注定不是一个破碎的神话

疫情结束
最想去武汉看看
不赏樱花　不去江滩
认真听听这座城市的心跳
再虔诚地敬拜
与这方土地密切相关的人

白衣天使

黄明山

像月光,像云朵,像神笛
抚慰疼痛
化解突如其来的恐惧与叹息
玉兰花张开洁白的翅膀
一路播撒爱

穿上沉重的防护服
是为了打一场救死扶伤的战争
告别亲人道一声多多保重
走进病房只剩下全心全意
一层层口罩隔不断目光的交流
包裹自己是要与危险零距离

告诉世界什么叫天职

在没有硝烟的战场

你要与新型冠状病毒血战到底

给乏力的春天注入生机

让咳嗽的大地好好呼吸

使命就是旗帜

旗帜下的战士不相信哭泣

面对肆虐的病毒

在城中坚守阵地

奋战在死亡线上

用微笑报道胜利的消息

今夜的武汉是安静的

剑　男

今夜的武汉是安静的
东湖的水和长江的水是安静的
黄鹤楼和琴台是安静的
街道、树木和灯光也是安静的
就像一个人经历某事后
反剪着双手在静静地反思自己
我站在细雨蒙蒙的楼顶
目光缓慢地从街道口望向江边
就像我曾经缓慢地爱上
它的喧闹。它遭遇过无数洪水
战争，包括瘟疫，显然
它从来不是完美的，就像此刻
天使在忙碌，一些人的
心却结上了冰，像另一种病毒

这安静的代价令人伤悲

——所有的救治

正在无声地进行,在这

空旷的安静中,我似乎听见了

这座大城市怦然的心跳

在大汉口也在老武昌,在蔡甸

也在阳逻港,像无数的

心脏跳动在一起,默然而有力

暗夜里的灯塔

江飞泉

我们在黑如泼墨的夜里航行
四周毫无光亮。病毒如蚊蝇,如毒蜂,如子弹
呼啸过耳畔,划伤无辜的皮肤。

桅杆在风中瑟瑟作响。大海搅动病毒的泛滥
侵袭静寂的万物。
白衣天使从天空飞过,她们是暗夜里的灯塔。

这灯塔,矗立于暗崖的某处
它闪烁在那里,丰腴着我。
它是生命中的雷电,刺激血脉偾张的蜂刺
是桨橹底下摆动的浪涛。

我们必须朝着灯塔走去

倚靠她的光亮,劈开更黑暗的前方。

黑暗逶迤如恶龙,而天使的亮眸

是远方暗处最美的利剑,最耀目的光。

毕竟,毕竟,它在照耀

终点就在眼前……

远在武汉

康承佳

在城中的第二十六天
天气大好,已经足够
成为一件美好的事情
我依旧陪你念书、写信
隔着大半个中国
如今,我们努力地活着
像河流,穿越自己的身体
走每一步都将以远山的名义

我们聊《鼠疫》,也说起
《人间失格》,偶尔桃花开了
开得并不繁盛,并没有
新型冠状病毒新闻那样沸腾和拥挤
风一过,我寄你以花香
寄你,以一棵桃树的命运

出　征（组诗）

柯健君

白大褂飘动如波浪
藏住热血的涌动
坚毅。无惧——
眼神里的温暖留给身后，亦迎接前方的未知

这一刻，眼泪无声。爱无声。世界无声
只为，无声的壮举

临　床

近些，再近些
为驱除戴着漂亮王冠的病毒近到与病床上的陌生人
心跳的距离

亲些，再亲些

为冰冷的病房充满温暖亲到病床上的陌生人

听到母亲的呼唤

这样，世界才不会冷漠；这样，临床才有了意义

——光明，降临你的床前

休 息

站久了蹲一下蹲久了站一下是休息

擦一把额头的汗，扶正

下滑的眼镜是休息

视线在输液瓶的刻度和患者脸上

转换的瞬间，是休息

病情讨论会结束，整理资料的一刻是休息

看一眼窗外摇动的树，看一眼

天空的白云，是休息

接个电话说："忙着"就挂了

也是休息

梦里都是会诊、查房、询问，梦醒了当作休息

休息——被挤出了 24 小时之外

军　令

军令如山，军令如闪电
在心坎戳下印章——
是无声的誓词

整装。出发。奔赴一线
军令下达后
战士就是一道闪电
划过长空，划向防疫战场

战士也是一颗雷
火热，沉重
具备杀伤力
——消灭一切疫情

钟南山不是山是一个人
在最危急的时刻，钟南山
像山一样稳重

钟南山把自己当作有温度的人
心里想着他人

在最危急的时刻，愿意
挺身而出

老百姓就把他当作山

这个春天

拉卡·索南伊巴

千年文明在历史的尘埃里辉腾
即使再惨烈的战争也从未使我们屈服

而眼前
我们遭受疫情的侵袭
危急时刻
病毒像凶猛的洪水欲淹没大地
病毒像侵略者欲践踏英雄古城

众志成城
白衣天使一如生命之帆
扬起使命
不管汗流浃背

不管前面是火海与刀山

挺进　挺进战场　抢救生命

伟大的英雄们

因为您　黎明的曙光

越过黑暗　带来安宁

相信明天的春光

相信中华大地的这个春天必将春暖花开

赞美诗

老 德

我不想再赞美,远方的风景
如果真的要赞美,我一定会
把美好的词语,寄语于
我身边的人。睁眼
可以看见她们的音容笑貌
闭眼,可以听见她们
富有个性的说话声
比如徐丽,当我再次见到她
她已出落成一个
亭亭玉立的少女,每天穿着
护士服,在病床前
微笑地面对着自己的病人
像别的女孩一样,业余时间
她也喜欢唱歌,跳舞

用手机拍摄美食和身边的风景

并在微信朋友圈里

悄悄地给帅哥哥点赞

没想到,她早就是年轻的

中国共产党党员,在这次

主动请缨参加抗击新冠肺炎

动员会上,她并没有

什么豪言壮语,只是说:

"姐姐们拖儿带口的多不方便呀

我单身,请给我一次战胜病毒的机会"

徐丽,南昌大学三附院护士

一个普通再普通不过的小姑娘

此刻,正在武汉方舱医院救死扶伤

如果她战胜病毒,凯旋

我想这才是她

写给这个世界最好的赞美诗

心灵上的光

李道芝

隔离时邻里相互送菜
我们家常常被赠予

一次是干泥鳅和干豆腐
老太太提着它们
径直走进来
把东西撂餐桌上
恍惚说过什么转身离去
还一次是鲫鱼
那些鱼是从堰塘网拉的
母亲死活不肯要
他们都竭力地劝慰对方
为了不够充裕的生活收下

在我们村庄

古老光亮的灵魂

一次次跃进孤寂的夜空

春天里的好消息

李满强

经历了隔离和病毒折磨的人们
终于盼来了望眼欲穿的好消息:
天使归来

方舱医院关闭,新增病例归零
身披白甲的战士,一个个摘下护目镜
脱下沉重的防护服,终于迎来了回家的时刻
你看,珞珈山上的樱花正开得热烈
在风中与他们鼓掌作别
你听,长江里的浪花正深情吟唱
带着依依不舍的情义

这个冬天过于漫长,过于寒冷
疫情突发的那一刻,你是母亲

但要丢下嗷嗷待哺的孩子

你是女儿

但得辞别垂暮之年的老人

你是家里的顶梁柱啊——

但国家和人民更需要你

当他们在请战书上按下鲜红的手印

当他们提起简单的旅行箱,来不及告别

从祖国的四面八方向江城快速集结

和平时代的战士,义无反顾

守护健康的天使,因爱而生

忘不了你们在雷神山、火神山

在方舱医院里穿梭的身影

忘不了你为了鼓励被病毒折磨得奄奄一息的老人

亲笔写下的信

忘不了你推着轮椅

和患者一起看夕阳时温情的场景

忘不了你们经历十几个小时的奋战

摘下口罩时疲惫的眼神

这灾难是一种试剂

它成功地验证了你们的能力和仁心

这疫情是一场大考

你们都可以得到满分

现在，最寒冷的冬天已经过去

九百六十多万平方公里的大地上，花朵们

争相传颂着一个好消息：天使归来

我也是他们中间的一朵，在你们经过的路口

深深地弯腰，献上我纯粹的致敬和感激

你看

重新沐浴着阳光的人们，迈着更加坚定的步伐

行进在新时代的春风里

等你归来

李 平

窗外的梅枝

已开出最红的一朵

暗下来的天空

没有雪,但看上去像下雪

我目送你远去

千里之外的江城,一小片你的领地

正散发着生离死别的味道

我仿佛看到了你

湿透的防护服

不断融化着这个隆冬的冰雪

口罩上的一小片蓝天

传递着起死回生的消息

晃动的身影,像提前绽放的樱花

让一月的珞珈山变得踏实

鹦鹉洲变得安静

我只能站在

细雨蒙蒙的阳台上

一个人来回走动，想干的事很多

却一件也干不了

手中攥着一本《国家地理》

却始终无法找到，江城酸痛的结点

只能站在黑暗中抱紧自己

以便让渐次亮起的灯

把更多的光明，留给武汉

窗前的玉兰树

李 旭

这个春节和全国人民一样
宅在家中
走的最高的地方就是
从楼下到楼上
走的最远的地方就是
从客厅到窗前

窗前有一棵玉兰树
一片叶子都没有
但满枝条上都是
含苞欲放的花蕾
没有一片叶子的玉兰树
似乎在向我诉说
它这个冬天遭遇的不幸

而那些含苞欲放的花蕾
又分明是告诉我
春天已经来了
春天的步伐是任何力量都挡不住的
只要敢于和不幸抗争

玉兰花要开了
全国医护人员支援武汉的总攻
也吹起了冲锋号
大自然的春天
和我们生活的春天
相拥抱的日子不远了
但愿那时候
我们不止有走出家门
摘下口罩的欢笑

逆行万里的春天

李自国

逆行阳光与生活，逆行长夜的风雨兼程
逆行谦卑与放纵，逆行亲人的万般感恩
逆行武汉黄冈孝感，逆行内疚、愧对、自责
逆行隔离后的黄昏，逆行离汉通道上空的弥漫寒星

逆行者是这个春天里舒展天使羽毛的热词
逆行者是这个春节沐浴湖北朝阳的汉水
漫步一条街道，从小区疫情登记的细节出征
回望一座村庄，打开村民关注的话题
俯身一个工地，从大型机械佩戴口罩的家常拉起

云天万里，无眠的前方仿佛是家园春秋
千里驰援，打更的后院送来阵阵暖风临盆

逆行每一滴善良的消毒液都写满手机
逆行每一声隔空喊话都留守电脑的诚信
逆行每一个重症逝者的告别都已是人生最后的遗恨

狂风骤雨，大风大浪的逆行，所有危难都能扛在一起
我们原本是一家人

逆行医院，网络，地铁，环卫点点滴滴
逆行牛羊，山川，马车，拯救芸芸众生
逆行勇士或病毒，逆行城郭的木螺丝钉
逆行龟蛇山的孤单，逆行大汉口的无声追问

守城者的哑语冷目在逆行
东湖水的体温施救在逆行
黄鹤楼的明月裸奔着千古雪花在逆行

这都不是我想要的生活，但又不得不分离
不得不在冷清中，含辛茹苦地生活
鲜花已是一种宿命，年味已是一种奢侈
这是打落牙齿和血吞的一生一次逆行啊

逆行着珞珈山有看不见的敌人
却有看得见爆竹中的灵魂稍做安息
逆行着楚河汉街春夜上路的花圈

逆行一场没有硝烟的遭遇战不期而至

没有过不去的火焰山！人心齐，泰山移
逆行的眼泪，流淌大地伤疤的峥嵘与良心

疫　后

理　坤

之后，我什么也不爱

只爱一个人，我们彼此相守

牵手武汉的小巷

一起吃香喷喷的热干面

之后，我什么也不爱

只爱一个湖，东湖

爱她波澜之上的那份平静

学着把自己凝成其中的一滴水

之后，我什么也不爱

只爱一座城，两江三岸

有多少像我一样卑微的百姓

在尘寰中消失

之后,如果一切安好
春天还来,樱花雨纷纷
我会守着阳光
怀念每一个消失的江城人

哽咽的城市

梁必文

一场灾难,就这样突然
降临
我困于斗室
虽足不出户,却常常忍不住
泪流满面:为那些
奋不顾身逆行抢救苍生的天使
为那些苦苦挣扎不忍离去的亡灵
为那些逆风中行驶的志愿者、快递员
踽踽独行在寂静大街上的清洁工
为那些,善良的祝福、悲悯与同情
还有无数默默忍受着被分离的煎熬
和满怀生的希望的人们
啊! 2020年春天,我的武汉
她注定是一座哽咽的城市

注定要无声地忍受着……

这血和泪水洗礼的城市啊

等待着凤凰涅槃浴火重生

我坚信一百年后，在我们子孙后来者眼中

武汉，她始终是一座英雄的城市

她的坚毅与豪迈

一如长江浩荡奔涌不息……

与口罩一起过年

梁 平

与口罩一起过年，
嘴边的"拜年"被咳得七零八落，
能听明白的只有"保重"。
雪花、雨滴、落叶都有了籍贯，
一只蚂蚁爬行也有了戒备。
邻里之间隔门相望，
小区拉起了警戒线，
陌生面孔和外来的口音就此打住。
七大姑八大姨定好的聚餐，
取消了。有丧从简，简到几百字，
从生到死。有喜推迟，无承诺，
或者春暖花开，或者，或者。
街道的冷清比季节的凛冽，
更让人窒息。这是不得已的选择，

也是最有效的选择。
谁也不愿意过年是这个样子,
假期都延长了,在家多待几天,
比出门多些安全。上不了前线参战,
就别出来添乱。有人惦记就够了,
"你若安好,便是晴天"。

万物静寂

梁晓明

> 中夜四五叹,常为大国忧
> ——李白

有人忙。有鸟依然在飞。风吹树叶落
鱼依然游在自己的家里
但院子没人,街道和广场上没人
路上没人,门关闭
电梯按钮边置放着纸巾
雪白的纸巾、被用过一次就丢弃的纸巾
谁来收拾?不重要
重要的是我们要把病毒丢在它身上
它蜷缩在电梯角落
被使用,就是它的命

万籁寂静。而活着的

正仰头眺望着长命的消息

细雨落下来,像一只保姆的手正在涤洗大地的衣襟

窗台上的植物没戴口罩

飞来觅食的白头翁没戴口罩

松鼠没戴口罩

一排排汽车一声不吭肩并肩坐着

也没戴口罩,这些

没人关心,但是

人没戴口罩

社会和警察就会严厉地提醒

是。我们是这块辽阔大地上的主人

主人坐在家里,忙得很

在电脑上骂人,在厅堂间散步

在厨房间与青菜酱鸭作精巧的战争

日夜颠倒,我不是医生

我不是李白,但"中夜四五叹,常为大国忧"

我也有,还有这大国里肆虐的病毒

病毒里的人群,鸡鸭,和始终低着头

只看着自己的那些眼睛……

逆行者

楼祖民

看不见的毒魔肆虐着大街小巷，
人头攒动的广场变得冷清凄凉，
闪烁的霓虹里已没有热闹的身影，
每天，一串串不断攀升的数字，
以警钟的方式在人们头顶敲响。

疫情就是命令，生命重于泰山。
于是，你放弃休假，第一时间登上高铁
我是医生，我必须回到自己的岗位；
于是，你望着挂满泪珠的恋人，安抚着
我去去就回，亲爱的，你就放心吧；
于是，你留下吃了一半的年夜饭
只留给慈祥的父母一个回望的笑脸；
于是，你放下手中满溢友情的酒杯

兄弟们，我要上战场了，

疫情一日不除，男儿一日不归！

你是一个五岁孩子的妈妈，

面对宝贝抱住双腿不舍的哭喊，

你说，儿子听话，妈妈要去打妖怪，

消灭了妖怪，才有你尽情放飞风筝的春天；

你是家中的独生女，医院美丽的"院花"，

你让妈妈帮你剪掉满头飘逸的青丝，

背起爸爸流着眼泪给你打理的行囊，

你说，长得漂亮是优势，干得漂亮才是本事！

谁说你没有顾虑

你挡住摄像镜头，告诉记者别拍正面，

父母不知道我在一线，别让他们揪心牵肠；

谁说你没有胆怯

如花似玉的年纪，小镇有看不够的风景，

未来日子还有无限的美好可盼可期；

谁说你没有一丝杂念

幸福与灾难有时只在一念之间，

死神和光明常常只有半步之遥。

江城的灯火在雨夜里飘摇，

来自四面八方的志愿者疾驰千里，

如铺天盖地的雪花扑入巨大的黑暗，

走进江城，在寒夜里逆风疾行。

于是，我看见无数可爱的白衣天使，
每天八九个小时戴着防护口罩和面罩，
秀美的脸被勒出深深的血痕，
实在累了，就坐在地上相依而睡；
于是，我看见一对年轻的医生伉俪，
在医院病房的走廊上不期而遇，
透过严密的防护服和厚厚的面罩，
四目深情片刻凝望，眼神里充满关爱，
掉过头，又毅然投入到各自的岗位。

其实，我知道你并不神武，
和我一样，也会害怕也会流泪，
家中嗷嗷待哺的婴孩，垂垂老矣的父母，
哪一个不是你心中难舍的牵挂；
其实，你也明白近距离救护就是踏入雷区，
双脚随时会踩响瘟神埋设的雷，
可你说，要斩断病毒的魔爪并聚而歼之，
总需要有一些人迎接挑战逆风飞翔。

为了那一枚枚脱逃的病毒，
为了让更多的生命绽放绚烂的炽热，
你与时间赛跑，向毒魔叫板，
把"逆行者"这个词演绎得如此暖人！

最美的逆行
——致浙江驰援武汉紧急医疗队

芦苇岸

庚子年的团圆热气腾腾，祝福声此起彼伏
辛苦一年，亲情相聚，盘算在心
一顿味道最丰富的年夜饭，在传统中进行

前方有令，武汉疫情要紧，箸落杯停
来不及告别，甚至来不及互致问候
疫情就是命令，支援就是责任
去吧，去疫情最猛的武汉
将爱意浇灌，将仁心医术，这带着之江涛声的
激情，随火热的心跳和铿锵的誓言
送达，送到那一双双渴求生命永恒的眼中

逆行者，昼夜兼程
这绝对不是一个人在战斗，脚步声的集结号
在庚子年千家万户的年味中
豪壮。这别无选择的壮举，随着默然的

西进，去武汉，让长江水发光
那个"一带一路"的节点城市，需要加油
需要挺住的支撑，需要将生死置之度外
一群最可爱的人以逆行的方式

向大地的内陆挺进
如果选择空中飞行，曙光是送行的掌声
如果选择高铁飞驰，道路是陪伴的进行曲
陌生的环境，复杂的疫情
阻挡不了激越的前行
此刻，我看到，你们逆行的背影
随西去的视线，而融入大地
生命因驰援武汉的激情挥毫大写

去吧
在你离别的眼里，我读到绽放的生命
在我赞美的血液中，你已然感知
——这世上，有一种分贝叫"浙江精神"
你背对我的渐行渐远，是最美的逆行

我是武汉人

罗时春

长江汉水孕育我们的血脉,
白云黄鹤展开我们的胸襟,
龟蛇双峰铸就我们的脊梁,
高山流水飘逸我们的神韵。

百年前武昌城头一声枪响,
大武汉催生了伟大的辛亥革命。
汉正街水码头千年江号,
飘荡出户部巷汉味汉音。

古老的江城在煎熬中重生,
扬子江哺育的英雄儿女,
跨上战马又一次英勇出征!

因为，我是武汉人，
长江汉水注入我雄浑的血液；
因为，我是武汉人，
千年风雨百年沧桑我已临危不惧。

因为，我是武汉人，
有党，有国家，有人民，有军队，
帮我们遮风挡浪，指引航程；
因为，我是武汉人，
千万江城儿女呼吸与共，风雨同舟，碧血丹心。

胜利，是武汉的，是中国的，
凯旋的旗帜正在迎风飞升！
祖国，谢谢您，
我们一千万武汉人！

今天，我有一颗坚定不移的心

绿　音（美国）

我听见，魑魅魍魉发出的狞笑

我听见，亿万同胞发出的吼声

看，猎猎旌旗行进在神州大地

听，春天的惊雷已震撼五湖四海

中国，武汉

武汉，中国

今天，我有一颗坚定不移的心

我要为你披荆斩棘

我要为你勇往直前

神州大地必将浴火重生

让我们期待横贯天地的彩虹

有的人活着

骆 英

当我来到世界尽头时　我只想回家
我想念夕阳的窗前那一杯香甜的清茶
当我站在世界的顶峰时　我只想下来
我宁愿做凡夫俗子　在温暖的家中闭目养神

当2020年的初春世界变成人类的牢笼时　我想念
　　流浪了
在不再是家的家里　我如困兽　或者说　像里尔克
　　的《豹》
我有锋利的爪子　却只能蜷缩在床上
我有尖锐的牙齿　却只能戴着口罩

我看过世界尽头的日出　现在　只能看着别人战斗
我听过世界顶峰的雷鸣　现在　只能等着别人凯旋

我渴望给我一匹战马 现在 只能阅读别人的死亡
报告
我在风雪中等待过朝阳 现在 只能在朝阳下心神
不定

在只能眺望时 我向远方合十
在只能祝福时 我向武汉致敬
在只能守候时 我向那些白衣天使们深深鞠躬
深深鞠躬 有的人活着 是因为有的人已经死去

春天在破土生长(外一首)

莫 非

受难的哀恸,远方儿女无助的呻吟
从南方平原上传来
声声悲伤,如啼血的杜鹃
乍起双翅。泪未干,已被拥入温暖的怀抱
穿梭千年风雨,母亲的声音绵柔如初
"娃儿莫怕——"
五湖四海奔涌而来,在古老的九州通衢
在尘封的泥泞里,希望在酝酿
如同塑料盔甲里绽放的美丽灵魂
目光所及
母亲的力量,托举着一条条生命通道
春天,在破土生长

热干面唤醒的清晨

特殊的日子,时光总是分外敏感
我在西岭,与落日并肩
隔江眺望,热干面唤醒的清晨
温暖的曦光无数次勾勒的
钟鸣鼎食的南国清晨

水汽氤氲,碱水面忙着出锅
徜徉在芝麻酱里,熟练地翻腾
三两块萝卜丁儿,惬意点缀
入口弹牙,味蕾也迷醉
一碗热干面,一个崭新的清晨

举国祈祷
不远了,武汉久违的清晨
谙练地吆喝,默契地问候
酸甜苦辣悉数吞下
别急,来杯米酒润喉
和着几缕樱花香
时光的针脚缝缝补补
像一个神圣的仪式
唤醒每一个赶工的武汉人

楼顶的笑脸

默 默

这个春节不能出门
我只好拉开窗帘看窗外

窗外只有参差的楼顶
灰色的瓦和灰色的天
渲染着感染了病毒的城市
风低低呜咽

远处的楼顶架着铁梁
四周围着绿色安全罩
有一面墙上贴着一张笑脸
那是一张露着八颗牙齿的笑脸
是我微信聊天时最爱用的表情包

在家的日子有了新的乐趣

我每天站在窗前看笑脸

有时候太阳会回应比笑脸更灿烂的笑

有时候麻雀歇在楼顶　赔笑脸说话

有时候雨来洗刷笑脸牙齿上的污垢

我天天来看笑脸

我看了十五天笑脸

我想

终有一天

城门会打开

世界会回应给笑脸　更灿烂的笑

毅然的奔赴和汇聚（组诗）

梦 也

只看见

泪眼模糊中只看见医院的过道
和输液瓶——
只看见急速穿行的手推车
和手机屏幕上滚动的数字……

只看见……一道道勒痕
和一双双泪眼
只看见毅然的奔赴和汇聚
向着武汉！

只看见无私的爱和奉献化作

一股股洪流
向着那儿汇聚——

武汉!
你尽管被隔离
却一点都不孤单!

我第一次感到语言的苍白

当一位成年女子穿上纸尿裤
当她们脱下防护服露出脸上的勒痕
当听见她们说:"消毒液能把人呛得窒息,
咳嗽能把人咳得小便失禁时"
我第一次感到语言的苍白
和表达的无力

奇　怪

当那一握秀美的青丝被剪掉时
我却没有听到常见的咔嚓声

怎么了?
我也说不上
只觉得有一股热泪从心底涌起……

抗疫速写

在我们的勇敢中有一点悲壮
在我们的牺牲中有一点无畏
在我们的奉献中有一点决绝
在我们的心底有一汪清泉……

钟南山的脸

即使在假寐的时候也是凝重的
即使是睡着了也会突然惊醒!

反　差

当他——在说这是一座英雄的城市的时候
他却在流泪

为什么?

惊　恐

先是一座城……变得悄无声息
然后是一条街道
变得悄无声息

然后是——

一个小区

一栋楼

一个单元

一套住房

一间卧室

一张床

一张床上的凸起

或低凹

最后才是双瞳孔

渐渐放大……

为春天而战

米 拉

空气在一声声的咳嗽中沸腾成铁水
人们在医学的安全距离以外遥遥相望
空间被困成一格格迈不出脚的卧室

然而,我们不会屈服!
更不会退缩!
看吧——
穿白大褂的战士冲进战场
他们撕扯下恶魔的头颅
火神、雷神永远屹立于东方

春天会在清晨的一声鸟叫声中如期苏醒
把整个山河还回人间的模样

我看见春天

曲　征

时令眼看就要追上春天
疫情又将希望拖进深渊
风声鹤唳人心不安
病毒的笑声却格外瘆人

拜年的脚步收回门槛
所有的计划按下暂停键
商场关门
雨雪中冷风露出一张阴郁的脸

街道上空无一人
公路上车辆不见
乡村的屋顶吐着苍白的炊烟
城市上演一部病毒导演的恐怖片

白衣战士冲锋在前

向死神表达生命的尊严

科研人员夜以继日

研制疫苗熬红双眼

逆行者奔赴抗疫一线

鲜红的手印在请战书上格外耀眼

建设者诠释"火雷速度"

志愿者的脚步像陀螺在旋转

村主任大喇叭上用方言呼喊

网格员拿着扩音器沿街规劝

抗疫标语挂在城乡街头

人人坚守家中誓把传播途径切断

所有人的心思连成一片

所有人的努力汇成诗篇

所有人的奋斗凝成能量

所有人的憧憬是拥抱春天

我看见春天开在乡野的枝头

我看见春天爬上城市的房檐

我看见春风亲吻每个人的双颊

我看见春意正在编织欢庆的节目单

武汉日记（组诗）

弱水吟

题记：2020年2月4日接到出发命令，急行军。2月5日凌晨两点半，乘坐东航专机抵达武汉天河机场，再一番奔波，到驻地房间已是六点。累，饿，冷，睡不着，抱着身体望着窗外发呆。天亮了，布满阴霾。我把桌上的瓶花移到窗台，才发现花是真的，也是干枯的。米黄、紫色的小花，细碎的叶片，以标本的形式报送春天。一朵花掉了，我小心放回它的身体。一滴泪掉在花冠。武汉，我来了。

一朵花枯了

虽然枯了
它们依然是春天的颜色
给武汉阴霾的天空以希望和引领

等春暖，等时间

等南来的风

带来天使和鸽子

这些枯萎的花瓣

它们会在无毒的大地上

重生，发芽，吐叶，伸枝，开花

窗外的城市

寂静清冷

而我始终相信

我们不会在寂静里消亡

只会在寂静里孕育重生

破茧成蝶

方舱里的《萨日朗》

武汉方舱

穿白色防护服的你

像一颗子弹

击中了一位美术家的心脏

他以最快的速度

描摹出你的舞姿

像是飞天带来菩萨的救赎

他说距离两千里

也能看见武汉

在雾霭重重的黑夜

从密布冠状病毒的阴云里

透出了一束光

你领轻症病人跳舞的小视频

十四亿人民都看着,说

是天使挥动翅膀

一点一点撕破阴霾

在死神和病毒拧绞的生命之门前

翩翩的舞姿让死神和病毒畏惧

是生命和生命的碰撞

让光明和慈悲进驻人间

他问你是谁,我说

她是甘肃飞来的战士

掬了一捧黄河水加入长江

她是河西走出的女儿

扛起一座祁连山矗立方舱

她是张掖市二院的孙梦婕

给吴家山一小二四班的孩子

从到武汉那天起

那瓶干花就在窗台等我

像女儿托着腮帮等回家的妈妈

每天给房间喷消毒液时

都给它敷上纸巾

氯化剂

它是花冠,不是毒

你不可以伤害它

二月十四日早晨

被一阵阵鸟叫声唤醒:

"叔叔,阿姨,我是吴家山一小

二四班的张崧麟,长大了

我也要当医生,像你们那样治病救人"

"我是蔡宇轩,我给你们唱支歌"

"我是陈灏宇,吕诗琪,孟萱怡……"

微信里全是春天的消息

一双双小手捧着画作

在视频里像大树上抽枝的嫩芽

快乐地飘来荡去

五十一颗小小的心

装着一个大大的国

用压岁钱买了苹果、橘子

老师赠送到我们驻地

"学校和宾馆隔一条街

如果不是病毒,你们能

听见孩子们的读书声"

苹,苹果的苹

橘,橘子的橘

苹,也是平安的平

橘,也是句号的句

孩子们,我读对了吗?

孩子啊,请放心

我穿着防护服,我也是武器

像奥特曼那样战胜病毒怪兽

还要把你们包裹在我的骨头里

绝不让病毒沾到任何一个你

等瘟疫退了,樱花开了

我放你们出来,和百灵比一比

你们和它,谁的歌声更清丽

站在窗前发消息

忽然觉得

窗台的瓶花动了动

花丛挤出一只小飞虫

守　夜

每次夜班都遇见宾馆值夜的大哥
窝在大厅沙发，缩成一只茧
几次想问，我和他到底谁的岁数大
真是的！现在了还问啥？
病毒已疯了，不管是谁都侵蚀

天气预报说，武汉要降温了
雷电，大风，冰雹，大雪
你在军大衣里缩紧身体
缩进内心的风暴，假装
听不见这个坏消息

半夜，我送去了一点食物
沙发里的身体发出鼾声
让我久久止步。是的
不要惊动一个人睡觉
让他回到中年人的日常
让他在梦里享受子孙满堂

公交司机

戴勇,一左一右
胸前写着你的名字
红红的戴勇,像是
左心、右心,淌出的热和奔腾

情人节那晚
你给下夜班的护士送了玫瑰花冠
姑娘们戴着
像春天破门而入
寒夜突然间桃李盛开

那晚,我追出门
黑暗里一片黑暗
寂静中还是寂静
你如一片混迹在叶片中的叶片
让我心里存了好久遗憾

这个黄昏,终于遇见
虽然口罩蒙住了你的脸
眼神和白色防护服的身影
在公交车上就是黎明前的一盏灯

戴勇，快下来

我要给车厢喷洒消毒

含氯消毒剂会损伤呼吸道黏膜

你要保护好自己

今天，我们收到很多物资

还有兰州拉面

请你尝尝

能不能比上武汉热干面

凤凰涅槃

单永珍

看哪，那浴火的凤凰，在东方的黎明

在地平线上奋起一跃

但天空凝固，一次陡峭的咳嗽，封锁了我的北方

世界一片寂静，在旷野，在斗室。我奢望

用农具和耕牛，打开春天的门扉

让小草顶破地皮，自由呼吸

让喑哑的河水，欢声笑语

让单调的鸟巢，写满祝福

我奢望：流浪的人们，吃上热饭

在炉火旁，伸个懒腰，谋划二月的生活

看草木茁壮，鲜花怒放

我奢望：儿童在奔跑中，放飞风筝

老人的脸上，露出慈祥

相爱的人，手牵着手，说出羞涩的情语

我奢望：鸽子和乌鸦，在秦岭飞翔，互致问候
黄河的鲤鱼，从青海走到渤海
但请在银川稍稍停留，带走花儿的唱腔
我奢望：每个早晨，神清气爽，"疾病"的词根
埋进昨日的废墟。而阳光普照
照耀着亲人，也照耀陌生人的脸庞

我奢望：用黄河的名义

看哪，那斑斓的凤凰，在炊烟的东方
在浓密的树冠上盘旋歌唱
但大地忐忑，一次干燥的呼吸，封锁了我的南方
世界一片寂静，琉璃的乡村，高耸的城市。我祈求：
飞驰的高铁，跨越千山万水
让灿烂的少年说文解字
让务工的男女，听一首周建军的民谣
让美丽的姑娘，穿上美丽的衣裳
我祈求：长江的海豚，告慰受苦的人儿
搬家的蚂蚁，向啼血的杜鹃致敬
北上的斑头雁，道一声别：人间安好
我祈求：悲伤的梧桐，放松抱紧的身子
和一场迟来的雨水抱头痛哭
树叶上的雨滴，收养奔波的月亮
我祈求：南海的波涛，催眠白衣天使
和咿呀学语的小小儿女，抱在一起

梦见光明的神曲和白胡子爷爷的拐杖

我祈求：喜马拉雅山，冰峰永驻

黄鹤楼的燕子，迎接新生的宝宝

青春的凤凰，环绕九百六十万平方公里的山河

我祈求：以长江的名义

如果一首诗是一次驰援(外一首)

沈苇

这首诗里有忧心与恐惧
哀悼与痛哭、行动与献身
更有祈祷和祝福——
东湖之水的碧波荡漾
武汉樱花的如期开放

如果一首诗是一次驰援
这首诗应该快马加鞭
但别忘了为它消一消毒
如果此刻母语感染了病毒
一首诗也会呈现新的恶果

东　湖
——赠武汉诗友余笑忠、默白、沉河

到黄昏，去哪都像回老家

东湖，一个水的故园

波光里满是游子们的乡愁

水是磁性声场，蕲春冈峦

水是辽东大海，内蒙古旷野

水是熊口荷塘，母亲的张望

而我，有点犯迷糊：

为何西湖在东，东湖在西？

不见苏小小，但见楚妹子

鱼一般轻灵、扑腾

不见许仙，但见垂钓者

气定神闲，等待白蛇上钩？

这一片水域，不是上演

　人妖恋、人鬼恋的剧场

这一片水域，是水的初衷

水的草图，水的青梅竹马

肥鱼和江鼠坐下来

隔一张水的桌子，谈一谈长江

编钟和玉磬坐下来

隔一片苍茫，谈一谈曾侯乙

诗友们坐下来

隔一瓶白云边，谈一谈无常
明天，我就要返回西域
孤悬塞外，还可能终老天山
江汉兄弟，平原之子
从水的沉潜中浮上来
看见了倦于漂泊的
珞珈山、南望山和磨山

一只蝴蝶飞过武汉

瘦西鸿

用一只蝴蝶去飞大武汉,显然太小
她没有荆楚大地大,没有出土的战国编钟大
甚至没有越王勾践留下的那柄剑大
但我会让一只蝴蝶变大,大过湖北
有2020这么大,有这个春天这么大

一只蝴蝶飞过武汉,它的尾翼释放出阴霾
像一群蝙蝠在夜里拖着铁链,给地球拉出伤口
又像蝙蝠飞进嗓眼,武汉开始咳嗽
还乡的脚印贴在每一条路上,密集而慌张
留守的嘴唇戴上口罩,每一双眼睛在窗口眺望

一只蝴蝶飞过武汉,俯瞰呼吸急促的荆楚大地
两扇翅膀,像两张扇动着的透明试纸

从空气检测环境指标，从医院和社区检测污染指数
从疫情突发检测治理体系，从肺病救治检测治理能力
从焦急的脸检测道德，从盼望的眼睛检测人心
口罩，护目镜，防护服，中西药物检测完毕
责任，使命，紧迫感，敬业心检测完毕

一只蝴蝶飞过武汉，像火中涅槃的凤凰
所有的边界被烧毁，只有一个地球在旋转
所有的道路在大数据里联通，一个人就是一个数据
所有的数据共同求证着人的安全系数
春天刚刚破土，白雪透露出种子的消息
灾难中的逆行者，每个人都头顶彩虹

一只蝴蝶飞过武汉，用她的小求证一个国家的大
又用她的大，呵护着山山水水的小
每个人都因为武汉，自觉听从生命的召唤
每个人都因为一只蝴蝶，在内心飞过了武汉

致逆行者阿弟

苏沧桑

曾经那么文弱的阿弟
我亦认不出此刻的你
眼神异常坚毅的你
誓把病毒恶魔埋葬的你
我所有的记忆中最美最酷的你
你女儿说,爸爸去武汉是我的荣耀
你妻子说,什么都不想,就想让他多带点东西在身边
她为你送去的行李箱
贴着你的名字和一面国旗

阿弟　鼠年大年初一
八十岁的母亲抚摸着荧屏上的你
援鄂医疗队的一百四十一分之一
母亲认不出全副武装戴口罩的你

认出了那个领誓的声音如此熟悉

她隔着屏幕抚摸你

那么轻柔像云抚摸群山

如此深情像群山想留住云

你无暇回复家人群里的任何信息

你可知道多少道目光时刻追随着你

每一道目光里都盛满最深的爱与敬意

厨房窗台外的那树梅花已萌发春意

寒冰终会分崩离析

不平常的日子里

我要学做一道你最爱吃的海菜

等春天来到

等你们姐妹兄弟凯旋一个都不少

我们补一顿你错过的年夜饭

春天是所有词语的朋友

苏小青

病毒隐藏在不为人知的角落
冷冷地望着雨点一滴一滴砸在忧伤者心上
砸在一只猫无聊透顶的睡梦里
"立春了,预定的鸟鸣没有出现"
她望了望窗外,一切都是原来的样子

她画了一只鸟蜷缩在柔弱的翅膀里
"疾病带走万物身上的爱恨
带走未来反复写好的意义"
瘟神傲慢地斜睨
加深了城市的空寂

窗口出现一只麻雀
像滞留在候车室等候检票

面包在烤炉里翻了个身
他在煮咖啡,用什么颜色
配合临摹中舒适的小屋

她继续画:柳树绿了
河水亮晶晶
美人鱼换了新裙子
月亮是黄色的
或许应该是蓝色

2020年2月14日,她在画中写道:
春天是所有词语的朋友
本来说好去看海,隔离于
一座荒凉甜蜜的小岛

诗记录（组诗节选）

石舒清

一

歌手张尕怂的妻子常乐自
云南回老家西吉
带了两坨茶叶给我
约好先过年，初五见
结果就见不上了

尕怂唱《马五哥与尕豆妹》
听得人哭
疫情到来，他又编了曲儿
在老家的墙前弹唱：
　"出门买个菜，口罩你要戴，

不戴口罩你不要歪,
你还拿脚把人踹"

网友跟帖说:
"相声要听马三立
野曲要听张尕怂"

二

某诗人一首诗
写到抗疫前线的护士
好诗
我出手就是一个点赞

接着便不安起来
在屋里走来走去掂量
走来走去掂量
也可能想多了

这个不安
让我羞愧得要死

三

甘肃的护士们

去湖北前

一个个剃成了光头

后来看到视频

吃饭时

一护士下意识理了理

自己的长发

她很快就明白过来

因为是背影

就只能看到背影

四

儿子住在父母那里

过来取书

我问爷爷在干什么

说成天看电视

看新闻

还给他们讲

看到宁夏援鄂医疗队时

激动到坐不住,说:

"快看,咱们……

咱们……"

就想起父亲的日记

有关汶川地震部分

说不看不行,看嘛泪多得很

比如温家宝总理

一个老人了

跑来跑去喊这顾那

父亲就忍不住自己的泪水

五

出进小区

要测体温

测温枪对着脑袋时

我命令自己不要发抖

每次测完

有惊无险,我就话多起来

想给测温员鞠躬

谢谢他高抬贵手,又饶我一命

六

在阳台观望了再观望

决定去散步

散步的时候,不是老婆和我

保持着距离，就是我

和老婆保持着距离

不小于两米

看到一个人口罩脱在

下巴下抽烟

我差点喊了起来

七

去买菜

空手回

报告说

人太多

这次老婆没骂我

八

买米买面

买葱买蒜

要把这超市买断

你准备着

你为你不知道的事准备着

三月的阳光

甜 濛

阳光,终于挤进这一段时光里
映着砖红的瓦片,也映着屋外这片整齐的野花
这是春天啊,悄悄地绕着花瓣来到了
躲进每一个跳动的音符中
万物用自己的轮廓肆意地勾勒。它们的春天

阳光再一次途经并流连我的窗台
昨晚被染红的绿叶,蜷缩在一起
仿佛再也承受不了生活的重量
抱着众多伤口中的一个,渴望痊愈
这段走累的坎坷,永远都不会升华成为箴言
留在它传情的一片旧天空里
等待雨打窗台。化作春泥

摩挲着三月里阳光的温度

我正在找一个适合的姿势

可以一抬头，便能碰到时光的柔软

将栖息在枝头的寂静打破，喧闹铺开

可人的黄鹂歌声清脆，阳光下起起落落

脸色灰暗的人间，仿佛岁月静好

静好的岁月，成为风口浪尖的奢侈品

我捏着最后的一瓣洁白

走入迎面而来的锦绣山河

花鹿坪防疫记

王单单

一

村委会的高音喇叭
滚动广播着防疫须知
声音震动,抖落了
几块斑驳的锈迹
像一个站在高处的哨兵
看到危险正在逼近
为了挽救我们
一块沉默的铁
竟然变得声嘶力竭

二

这些天,我逢人便问:

你是谁?
你从哪儿来?
你要去哪里?

像是在一群普通人中
打听神的下落

而人间,如果真有神灵
那便是,我们面对灾难时
万众一心,汇聚而成

三

来吧,让我们一起
与父母一起
与孩子一起
还有你,宝贝
再努力一下吧
患难见真情
请你务必相信!

四

疫情就是我们共同的命运
虽然生逢太平，但还是要战斗
走在我们前面的，有钟南山、李兰娟
有各地支援的医疗队伍……
许多人背井离乡
许多人离妻别子
一时之间，我似乎
又看到了，中华大地上
"母亲送儿打东洋，妻子送郎上战场"的悲壮

五

武汉防控后，云南省也迅速启动
重大突发公共卫生事件Ⅰ级响应
昭通市立即作出反应。我也在
正月初三的早上，敲开了
花鹿坪13社返乡人员的家门
姓名、电话、身份证、出发地点
时间、交通工具……
有无咳嗽、体温正常与否……

我乃一介书生,身无良好装备

唯有一片丹心

六

病毒在身体上做窝,产卵

孵出一只沉默的鬼

或许就寄身在我们中间

谢正红从荆州回来

我询问过几次,一切正常

昨晚他和几个朋友喝酒

突然晕倒,第一时间

乡卫生院将其接走

和他喝酒的人,一直呆坐着

直到解除嫌疑,才敢各自回家

七

很多时候,只有讲出真相

你才能看到

里面藏着一线生机

从李崇福家排查离开后

他又追上我

道出高铁经过武汉时

他停留了十分钟

八

入户宣传

跟进了解嫌疑者

张贴疫情告知书

防疫一天,刚进家门

儿子便丢下玩具,兴高采烈地扑过来

被我一声呵斥住

小家伙愣在那儿,不知道发生了什么

去洗手间清洗出来

重新抱起他,父子俩啥也没说

九

朋友,开心点吧

我们留下的所有笑容

都是生命曾经绽放的花朵

二月，我读着弱水吟的诗

王小强

二月，我读着弱水吟的诗
她写于方舱医院
写于风雨交加之夜
写于一座城市的窗户还未完全黎明

弱水吟妹妹
当你脱下防护服和面罩的那一刻
我看见的，不只是
你天使般的身体，还有你
茉莉花样干净的灵魂

我读着你，读到的不是弱水吟
而是江海滔滔
千山万岭都在侧耳倾听

你平静的呼吸

引发了泪水的暴风雨,尽管生死来不及选择

哀伤一直在盯视着你

弱水吟妹妹

一位平凡的抗疫护士

我含着泪水在读你的方舱诗

泪水它不想悲切

泪水它爆发霹雳之声,泪水它在沉思

泪水它让回忆也疼

一个生命消亡

一张病床并未凉下去,新躺上的病人旧了

但闻方舱里,呻吟堆起山

每个病人,都想

第二天醒来,能够抬头看太阳

能够带着雀鸣振衣而起

弱水吟妹妹

你既是在从死神手中争抢回人

也是在诗中为人增添勇气

关爱就像一个橘子,你一瓣一瓣地

分给患者,分给亲人

让他们品尝到阳光泻下的甘汁水味,他们甜了

像一粒粒糖

啊！二月，读着弱水吟的诗

我在放大，我在传播

我在反复呼唤：弱水吟妹妹！弱水吟妹妹

假若你再给我一滴泪水

我一定面向晴空

深深地，深深地闻透其中的香味

无处安放的节日

文 雪

从一月翻到三月
一个日子
我捏了又捏
攥在掌心无处安放

庚子年的新绿被咳嗽扫荡
天空写过惊蛰写不下闪电
今又"三八"
走失的祝福被黑色数字埋葬

三岁的女孩追着妈妈
三岁的女孩追风而去
落地的守望无芽可发
谁能唤回那对跑过春天的母女

江城花开

夏大胜

老树枝上，吐出娇滴的花儿

含蓄地暗示春天来了

淅淅沥沥的细雨挡不住春的脚步

江岸的三月寒气依然

春暖花开艰辛备至

花儿的绽放，是瘟疫消灭的征兆

我不奢望与春风偎依

看着花儿，闻着春天的气息就很幸福

希冀患者走出方舱，沐浴春天的阳光

欣赏嫩艳的花儿，更盼春意盎然

愿晨霞的金光编织温暖和希望

让队员们在抗疫的路上铿锵前行，忘却疲惫和忧伤

逆行者

项俊平

跨出除夕的门槛,与孩子的笑声逆行
与恋人的甜蜜
逆行。与平安的叮嘱逆行

一袭白衣,如雪花飘散在武汉
离死神更近的地方,逆行的人
与死神赛跑,抵达黑夜深处
游丝般的呻吟

与幸福、温馨和安宁背道而驰,逆行的人
以锈护铁,以油护灯
以壳护米,以雪护青
逆行的人,像一粒豆大的逆光
穿行于黑夜,照亮一座城

湖北疫情战

晓 吾

昨天还是一地艳阳,今天乌云笼罩

昨天还指点着你的山水,享受你的荣耀

今天,我们所有的湖北人

因一枚小小的陌生病毒,困守孤岛

擦干眼泪,一个湖北籍护士

在高铁上发出一条斩钉截铁的微信:

下一站天门南,我下车

回——武——汉

一个个带血的指印

一句句铿锵的誓言:

若有战,召必回,战必胜

服从命令,不计报酬,无论生死

他们也是血肉之躯，也有老母妻儿
也怕被感染，怕死亡的利爪抓住自己
但穿上了白衣，就穿上了责任
穿上了白衣，就穿上了使命

准备回家看望亲人的，悄悄退掉了机票
产假尚未结束的，提前销假归队
有家不能回，有亲人无法见

记不清连续多少天作战，防护服里
衣衫湿了干，干了又湿
困了，角落里眯一下
累了，椅子上靠一下
第一批倒下了，第二批再上
我们要用自己的肉身，困住病毒
换来人民的健康

你们看，八十多岁的钟南山来了
各省集结的医疗队来了
一车车的援助物资来了
万家灯火里，人们将手伸出窗外
快看，解放军来了，我们不怕了

湖北人是坚强的

灾难是一声警醒的钟

我们在灾难中反思

灾难是锻炼忠诚的炉

众志成城,铁石蘸血磨一剑

待到山花烂漫时,春风送瘟神

坚 守

谢克强

走上前去

没有惊天动地的豪言壮语

只有一颗赤胆忠心

和一个医生的职业操守

你奋勇走上前去

是的　这是一种深刻的使命

也是一种庄严的责任

当新型冠状病毒威胁着阳光与生命

你毅然走进疫情重灾区

挺身扼守在生死线上

与肆虐的病毒作殊死的决战

岁月匆匆中

人们常常浅薄了生命的意义

宠辱　得失　甚至斤斤计较

你却用果敢昭示白衣战士的尊严

使多少人懂得　爱与责任

才是高尚真实的人生

24小时　48小时　72小时

病房的灯火都眨着疲惫的眼睛

你却依然精神抖擞地坚守病区

在突然面临的遭遇战中

残酷的战斗才刚刚打响

坚守　就是和病毒抢时间

你知道　生命至上

救死扶伤　就该坚守前沿

捐　赠

熊明泽

有人用智慧

酝酿出千万桶真金白银

——赠送给我们

有人用艰辛的捡拾

和轮椅碾出的真情

——赠送给我们

有人用就简删繁的文字和正能量

拼贴出不同的价值取向

——赠送给我们

有人用春燕的呢喃

和楹联绯红的温馨

温暖出的爱情亲情
——赠送给我们

武汉人双手合十
用虔诚撰写一部词典
它的名字叫《感恩》

庚子年的慌乱

修 客

恐惧是突然降临的
庚子年显得有些慌乱
还来不及翻开第一页
灾难便以病毒的形态
破门而入

此刻,东湖还没有苏醒
雾霾之下,东湖像往常一样波光粼粼
岸边的人们柔情似水,貌似清澈
大年逼近人类
农作物们懒洋洋地长着
我们不知道,景物里潜伏了瘟疫

自由一夜间被隔离在口罩之外
大灾面前，自由变得无足轻重

确诊数字在新闻里增长
大年初二，我从老家回到城里
担心自己成为疑似病例
我躲开人群，尽可能让自己孤僻

还好，我不是一个发烧的人
我体温正常无可挑剔
我在测温枪扳机下进入小区
避开病毒和空气

大难终究会过去
我们有必要感恩那些好心的人
我们需要记住
他们多么辛苦，我们多么幸福
我重读马尔萨斯的人口理论
地球承载过太多的战争和瘟疫
大难之后，人们需要停下忙碌的脚步
摸一摸自己的良心

请将我的每一滴热血，
都煎熬成一支疫苗

许 岚

黄鹤楼上的玉笛，为何如此低沉
滚滚长江、九曲黄河，为何放慢了澎湃的脚步
祖国的心脏，为何跳动得如此扑通、扑通
我对母亲的祝福，为何再一次满含泪水

春天开了，阳光也开了
五十六簇花朵，为何迟迟不开
我的热爱、牵挂，为何如此揪心

因为，九省通衢、华中武汉
绵延至神州大地的每一寸天空、山河
此时，正经历着一种怎样的伤痛
怎样的抗战，怎样的众志成城

真正的猛士,敢于直面使命与良知的叩问
所有谎言的毒瘤、无知的权力,终将被
民心所破。每一次的灾难,都是生与死的离别
善与恶的考验,官与民的检阅

在这个春天,在这场从未经历过的寒流中
祖国啊!请将我的每一滴热血,都煎熬成一支疫苗
每一行,就是一座痊愈的城市

我从来没有像今天这样爱上零

颜泽兵

阳光和花朵与我隔离
但我依然能感受到春天的暖意
几只小鸟欢唱
在树与树之间飞来飞去

我借风的手去抚慰
所有的美好
自由被一群记忆追赶
前方掏空了我的想象

贴着玻璃窗
我看见万木吐绿
高烧的大地有了生机

白天和黑夜跟我一样

深藏不露

但总有一些美好我们掩盖不住

比如，仙桃今日零新增零疑似零死亡

零真的好可爱

我从来没有像今天这样爱上零

呼　应

燕　七

对面的窗户

还亮着一盏灯

在黑暗中

看不清对面的人

听不见声音

我们都已接受

被隔离

夜已深

离天亮还有很远

该怎么办

我用我的灯

与遥远的那盏呼应

与妻书,兼寄超市人

余述斌

你天真地说,病毒如果只是黑色
你愿意点一盏长明灯,将它驱逐
在光明之外

你笑了笑,说你也是个逆行者
平凡的逆行者,一个连锁超市人
保刚需日用生活

闹铃,总是那么讨人厌
总是像个打更的人,分秒不差催你
你还是像个小花猫,轻轻地
下床、穿衣、洗漱、照镜
临出门,你知道我有担心
朝我微笑,还有 N95 口罩呢

我知道，这个庚子的初一夜晚
你烦恼有二
一个回家过年的姐妹隔在了隔离区
不能上班了
昨天加量申报的生鲜蔬菜还是太少
怕不能满足需求

是的，你也是个逆行者
最美的提灯女神
默默无闻的坚守者
我一直默默地为你
竖起必胜的手势，祝你平安

隔离日记

袁 磊

我感兴趣的是:为所爱而生,为所爱而死。
　　　　　　　　　　——加缪《鼠疫》

车载广播巡回播放着省府公开信
是在警示我,作为武汉公民
不该在武汉缺席,作为知识分子
就该将书桌搬上前线
关心江流、草木和疫情
就该相信语词,是显微镜
是粮食、口罩和药品
但新冠肺炎教会我更多
腊月二十五,与我同去武汉的兄弟
为了两个孩子,仍在乡下
在旅馆中,自我隔离

我的发小,在春节过后戒了麻将
潜心木工活、育儿经
已为孩子的出生,备好了世界观

寂静之外

杨 梓

今天是大年初五,天空晴朗
我戴着口罩走出家门,小区空旷
街上行人稀少,偶有汽车驶过
阳光还算明亮,但心上乌云翻卷
寂静成了一种令人畏惧的无形之力
尤其是几声喜鹊的鸣叫之后

想做点什么,几次提笔未写一字
打开电脑,文字显出自身的苍白
拿起手机,各种信息轮番轰炸
公共卫生是我所学专业,却真伪难辨
我该相信什么,承认自己无能
摸下额头,一腔话语只是一声长叹

病例时刻增加,所在小区出现一例
市场、野生动物、传染源、谣言
甚至真相,都没有抢救生命更为重要
医疗队纷纷出征,望着他们的背影
我有了一丝战胜自己的力气
尽管条件不符,但我愿意参战

一座生病的城市不需要埋怨
更不需要道德名义上的自以为是
就像有人生病,白细胞冲锋在前
不能指责它数量增多,而需要消炎
需要医护人员的治疗和护理
更需要树立患者战胜疾病的坚定信念

这是一场发生于人体的大战
病毒的繁衍速度和传播能力超乎想象
白衣天使与死神搏斗,争分夺秒
哪有时间看手机,读诗文,听朗诵
他们需要珍重自己,需要热饭和睡眠
更需要医用口罩、防护服和护目镜

窗外异常安静,可我一直坐卧不宁
唯有奢望,所有的人都像白衣天使一样
即使在后方,也能付出一点真正的爱

一件急需用品，一句发自内心的安慰

点亮一片洞穿黑夜的灯，救命要紧

求求大家不要制造风雨，反思有待来日

空屋简史（外一首）

臧 棣

爷爷死后，六岁的孩子
会被带离那房间；神话会转向另一个角度；
开门的一刹那，所有的真实
都已输给那双朝外部世界睁大的眼睛。

什么都有可能留下，就如同有些东西
再怎么消毒都会痕迹依旧；唯独记忆
不会留下。悬念的尺寸很人类，
但远不如房间的尺寸曾经沦为死角。

至少灰尘还在，至少凌乱的抽屉里
化验单还在，至少隔音效果依旧很差；
耳朵还没贴到墙壁，就能听到隔壁的叫嚷：
竟然有人核酸检测七次，都呈假阴性。

气溶胶传播简史

病毒星球,人的悬浮

和花粉的悬浮,本质上

并无差别,但两者的粒径

却差距很大;人的颗粒性

并非只出现在微生物的噩梦中。

当自我的迷失作为

一个飞沫事件来处理时,

将人比作种子,哪怕不提及

颗粒的饱满和乌亮的色泽,

往往也能有效地推动理智的恢复;

至少,在自行留观的状态下,

我目前的神志已恢复到足以辨别:

人的漫长的悬浮史中不一定包括

我的悬浮,而花粉的悬浮中

却仿佛包含我的悬浮。所以,每次

进出电梯,我都感到一丝愧疚:

即使戴着口罩,我对密封空间的敏感

也渗透着我的不够体面的恐惧:

秘密的入侵已经开始,一个人
既是病毒的对象,也是消毒的对象。

坐轮椅之前
——致武汉金银潭医院张定宇医生

早布布

2月3日，江城红梅开遍
电视采访的那端
渐冻症患者
——院长、党员、同事、一个丈夫与父亲

白衣人面对镜头，偶尔多云，始终坚毅：
走不远了——
"最快五年，最慢十年
最终会走向每个人必至的终点
坐轮椅之前
我必须与时间赛跑，多做一点"
多看一个新处方，多查一轮隔离病室
多帮妻子洗一次碗，陪孩子聊会天

更多时候,他

双眼晴空,蔚蓝如洗

看梅,看电视里的他,我无法抑制欷歔

与泪水

鸟　声

赵立新

天还没亮，还在床上
就听到了鸟鸣
久违的百灵，在歌唱
一个冬天，窗外
有呼啸的风，纷飞的雪
还有后来比风，比雪
更冷、更硬的疫情
就是没有花影，鸟声

听到隔梦，又隔年的鸟声
我心里的冰河，开始解冻
像推开了一扇轩窗
邀来清风、明月
远处，有春天的杏花烟柳

闭上眼睛，聆听

这一刻，心若止水

喳喳的鸟声在这个黎明

让我，品读出了

梵音佛唱的慈和

唐诗宋词的遗韵

山一程，水一程

风一更，雪一更

春，已在迢迢的路上

快把我变小,变小

赵哲权

春天早来了,是吗?
是的,飘舞的白云,叽喳的鸟叫
可是我的脸,只能贴在冰冷的玻璃上
我守望阳光和温暖的窗户
开得很小,很小

校园的铃声该响了?是的
那是昨天,笑声和书声
正飞越绿色的草坪,踏实的跑道
可现在的我,只在桌子椅子间走动
我能赶多少路啊,那步子
走得很小,很小

五彩缤纷的荧屏哪里去了

流汗流泪的地球，边边角角

在奔忙，在颤抖，在一天天发烧

有那么多看不清面目的男人，女人，孩子

正在走进这世界，这世界

变得很小，很小

嗨，不用谁教我，小小的我

早读懂了，如果跟灾难相比

跟爱，跟坚强，跟勇敢，跟牺牲相比

我的痛苦，其实

也很小，很小

那就让我挺起胸来

大声祈求大声呼喊吧

请快把我变小变小，变得更小，更小！

就在那肉眼看不到的黑暗里

我一定会奋力追赶，寻找，揪住

揪住那个害人的坏小子

让他老老实实地说出

这到底是为什么

亲爱的孩子

周瑟瑟

亲爱的孩子

坐在橙子树下

橙子树碧绿的叶片

投下一小块阴影

竹编篮里的橙子

与结在枝头的橙子

已经分离

我有多久没有抱起你

亲爱的孩子沉重的身体

一缕白色光线从橙子树林射来

那是我的头发悄悄飘在你的身上

抗疫：在卡点

周西西

通知十八点到岗，我早来了十分钟
一个简易棚，两把椅子，三个人
未经培训，我有无师自通的本事和自觉
识车牌，测体温，填表
"谢谢配合，您走好"
愿你们都有美好生活，锦绣前程

零点。往来车辆稀疏
除了疫情，我们仿佛已无话可谈
沉默。心疼天使疲累的翅膀无力高飞
心疼暗夜里亲人们无处安放的睡眠
此刻，人世只剩下两种颜色：黑，白

两点以后，寒气从脚背往上涌

寂静中只有寂静的声音

五十米区域来回走，手机计步六千多

一脚温暖，一脚寒凉

一脚浙江，一脚武汉

在等待中，时间显得格外漫长

六点零五分，一抹火黄云霞挂在最远的树梢

不需要多久，阳光便能铺满大地